New
window
新視野 42

他踢的他踢的他踢的

高寶書版集團

他踢的

畫這本書的蠢蛋。

他踢5歲時……

他踢的由來

版本1：by好友「曲」

他看見一個小女孩，
正吃著一根棒棒糖。

舔
舔
!

那糖，
喚醒了他心中存在已久的惡念！

惡念，便他作了一件要不得的事情！

呀啊
!!

他踢倒了小女孩，
搶走了她的糖!!

還人家啦～

嗚嗚……

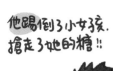

少囉唆！

但他臨走時，
卻發生了令他後悔萬分的事……

死啊……

被揍個半死的他媽，
清醒時，只會講「他媽的」三個字了……

你住哪？
　　他媽的……

父母呢？
　　他媽的……

名字呢？
　　他媽的……

→ 這就是「他媽的」之由來。

屁啦一!!

重新解釋!!

版本2：by他踢本尊

起因是這五個英文字母。

卡鞋一

小學時因為玩了
神奇傳說：時空道標
被深深吸引，
所以決定架一個相關網站。

這就是「tatit」的由來。
又是網站名字的縮寫。

你沒說是哪些字的縮寫？

我忘了。

⋯⋯⋯

對不起啦，
我真的忘了⋯⋯ ← 記性很差

（只記得其中一個是 town⋯）

這帳號簡短好記，我就一直用到現在。
然後到了大學，才有人把它翻成「他踢的」。
我很trivial意，就採用囉。

題外話。

後來我用Google查「tatit」，
查到他「Luiz Tatit」

才知道「tatit」是葡文的姓氏之一。

有興趣可以查查看：

好啦⋯⋯
我知道，
你們覺得曲的故事比較好笑⋯⋯

自己煮飯

米 + 水

雷鍋

好吃 白飯!!

我也要做!!!

於是,我準備好了米跟水。
不過……

怎麼沒有內鍋?

啊!!!!
這一定是不用內鍋的
新型電鍋吧!
科技真是愈來愈進步了!

12

做麵包

麵粉

奶　蛋

中間 省略

好吃的

麵包!!

我也要做!!!

準備好囉～

嗯,這樣,

再那樣～

完成了♥

到此為止還可以…… 不過～

麵包就要塗草莓果醬～

啵咿!

放烤箱～

↑
把冰箱當成烤箱了。

沒多久,把麵包就被剛下班的媽娘發現了。

這什麼……

把奇血肉蟲?

乾扁了

～♪

下次做什麼呢～

小時候，
覺得媽媽用那些廚房的東西，
就可以做出好吃的東西，
似乎很簡單的樣子......

所以......

我也要做 !!!

嗯？好多種喔......

反正，
全部加就沒錯了吧！

咕嘟咕嘟

咻啵啵

完成了♥

就是他踢的

吸

開動了!♥

噗‼

一堆調味料味剌在一起，
怎麼會好喝嘛……

不過倒是可以
拿來害人……

爸～給你喝～

嗯?

陪家去餐廳吃飯……

漂浮冰咖啡

你冰淇淋吃掉啦?
我想喝漂浮冰咖啡的說。

……

哈～
漂浮冰咖啡ㄚ

嘔心!!!!

嗯
呸!

這是同學家一隻米格魯的故事。

她叫「Angel」,
是一隻很可愛的小女生。

吃自己的腳
是她的興趣。
總之,她是位活潑開朗
的女孩。

故事開始於
同學的媽媽買了六個鴨鴨玩具
要給 Angel 玩……

Angel 來,這給妳~

嗶咻
嗶咻

キラ
キラ
キラ

這六隻小鴨鴨
大大刺激了 Angel 的母性本能,
不管去哪裡, 她一定
帶小鴨們一起走。

如果媽媽上樓了,
Angel 當然也要帶
小鴨鴨一起上去啦!

可是, 樓梯讓她沒辦法一次咬上去,

所以她就很累地
上下搬了六次。

而且搬上去之後
不是亂丟喔!
她把六隻鴨鴨排好,
然後一直看著它們...

媽媽下樓了，Angel 又要忙了。

鳴～

還哀求媽媽幫她
一起搬。

下樓之後，一樣排好，

繼續保護著。

哪一天她才會知道
小鴨鴨不是她的孩子呢......

他媽家沒用的寵物★

小P

只會咬橡皮筋、瓶蓋，

還不准別人搶。

喬巴

......

只會破壞紙張。

念政治

就是他踢的

念政治系的一定會遇到的……

政治系都在念什麼啊?

←高中生

…政治……

事實就是這樣啊!
(其實是懶得解釋)

啊你以後是要作政客喔?

沒有啦

HI~

我同學念森林系,那他要去種樹嗎?

相似的事件持續發生中……

點名運

去上課

今天就
不點名啦。

@*!
7。

翹課

他場的。

他場!!!
又沒來呴呵?

……

…、

誰分我一些點名運吧……

嚕~嚕~嚕~嚕~

嚕～嚕～嚕～嚕～

鼾～

真是難解的魔咒呀。

作業期限：三天後

還有三天嘛……

唔唔唔

上BBS

作業期限：今天

作不完了!! 作不完了!!

每次都發誓下次不要再重蹈覆轍，
可是到頭來還是一樣……

遲到

新生時。

就是他踢的

現在。

振作點啊……

新生時。

夜唱囉！

耶－

耶－

三小時後

依然
歡樂無比。

現在。

夜唱囉！

三小時後

累趴。

歲月不饒人啊……

第一次考大學考試

寫 寫 寫

15分鐘過去～

什麼!?

好厲害!!!

他交卷了!?

寫重點就好了啊!

↑ 我的考卷　↑ 別人的
（還布到背面）

34

到了成績公布那天……

太天真了……

現在考試

喇賽機能ON!!

喔啦喔啦喔啦!!

筆記型電腦
↓
有一陣子,我喜歡帶筆電上課。

筆記
可以打很快
+
比較好整理
＝
寶貝品

剛開始是很有效啦。

唔唔

後來⋯⋯

登!登!登!

←偷上MSN

← 偷看爆笑影片

這樣打出來的筆記當然

完全看不4董!!

←嚴厲的目光

最後還是得跟別人借。

筆電是
萬惡之源!

干我屁事

讀不完

考試前……

拼了！！

我國憲法……
剛性、柔性……

啊，誰找我？
登登登

大學有「服務課程」，
要選來「服務校園」，
修滿才可畢業。
我的學校今年才開始，
這個故事是T大的朋友說的。

← 服務中

掃!

掃!

馬麻，他為什麼要掃地？

不是這樣的啊……太太……

政大鬼故事之一

政大有一個亭子，
雖然平常有許多人路過，
可是卻很少進去休憩……

即使進去了，
也會感到一股異常的涼氣，
讓人不想久留……

惡寒的原因，
在某次有學生在那裡拍照後，
才「顯現」出來……

42

至今,
仍然沒有多少人會在那裡久留……

 不怕的人
夏天可以去省冷氣電費喔♥

政大鬼故事之二
換腳的銅像

政大後山，男生宿舍旁，
有一個蔣公騎馬的銅像……

平常馬舉起的，是左前腳……

可是，在半夜的某時，

馬會換腳……
並傳出馬蹄聲……

嗒啦

可是,早上的時候,卻又恢復了……

畢竟腳會痠嘛～
嗯嗯

制服

嘻笑 春光 制服……

制服…… 春春 女 無限好

已經過了制服的年紀了……

明明就還很年輕！

當活動經費不足,
就得向公司或社會團體拉贊助……

喂?您好,是xx公司嗎?
這裡是○○大學○○系~
是這樣的,關於之前的贊助~

咦!? 可是您之前說……

是是,我們了解……
那就這樣,謝謝您!

咔
……

王八蛋!
吃大便啦!

然後再回到第一張 不斷輪迴……

身在一個女生多的班，被迫扮女裝是很合理的。
二年裡我就扮了三次：

大一下

青春高校制服妹

←假髮

大二上

中東舞孃

大二下

金髮俏洋妞

←假髮
（紙作的）

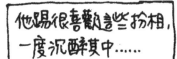
他踢很喜歡這些扮相，
一度沉醉其中……

不要亂配
旁白啦！！！

48

愛演戲

阿田,
打掃好了。

喔？我檢查看看。

還有灰塵咧麻！
沒晚餐吃了！

啊，阿田～

你們在幹嘛？

婆媳遊戲。

......

春嬌與志明、
霹靂火之類的劇情我們也常演......

妳等一下課在山上嗎？

嗯,所以要準備搭車上山……

寒風陣陣

他唱，
至今仍一直愛接冷笑話……

打字中。

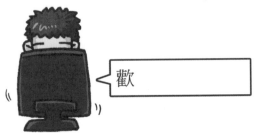

歡

就是他踢的

歡迎

歡迎ㄍ

歡迎ㄍㄨ

歡迎觀

歡迎

歡迎光臨

台灣國語系列代表

扶手 ⟶ ㄈ可手
上床 ⟶ 上船
山上 ⟶ 高上

就是他踢的

有名的賤嘴踢

看你們分手之後
那條圍巾怎麼分～

啵！

再親嘛～～

不過……有一次……

抱很緊嘛～

無辜的美麗

← 男方追来

逃—

他一直追到教室外才放棄。
從此我再也不敢亂嗆人了……

 被我嗆過的人們，對不起……

在公館遇到
一对情侣,

世界真是小

抱在一起
親啊摟的,好不快活!

磨刀霍霍
向豬羊~

走近準備
攻擊時,

赫然發現!

Hi~

是我國中補習同学
了跟 高一同班同学 !!!!!

58

←驚嚇狀態

呃……

呃……

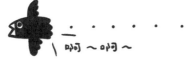

\ 啊～啊～

世界好小啊～!

他踢…

想不到你
如此看好我……

只是她穿到的時候
已經是未來了，
人都穿著銀色緊身衣…

我就知道！

噗

不好穿……

有的時候, 我會不敢打電話……

嗯, 要打給王先生～

不敢撥號

好不容易撥過去……

嘟嚕……

嘟嚕……

女生的聲音

咋......

王先生

怎麼會是
女生的聲音......

你不會問啊!!

給我這種俗仔用手機真是浪費......

小羊很容易在公車上睡著⋯⋯

因為她不高⋯⋯

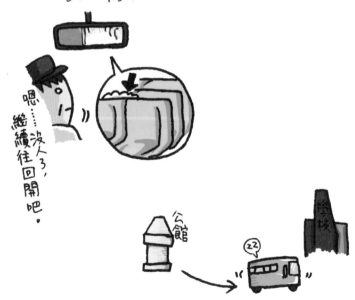

就是他踢的

啊……

怎麼搞的,塞車啊?

過3 50分鐘

咦!?
我坐回來了嗎!?

為了回家,
她只好再坐回去……

"公館

還好這不常發生 0

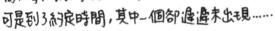

高中時，我們幾個同學約好要一起去吃飯，
可是到了約定時間，其中一個卻遲遲未出現……

人勒？

高中同學
A安

誰知道！

終於打來了啊！

鈴鈴

鈴鈴

掏

此時，A安心生一計！

手機給我。

幹啥？

給我啦！

所以，我就把手機給他了。然後……

他踢被綁架

就是他踢的

66

熬夜

早！

!!

你熬夜喔？

咦~~

很明顯馬~

超級。

是喔~

我以為看不出來咧~

← 佈滿血絲

← 黑眼圈＋眼袋

↑ 臉色超差

熬夜傷身啊⋯⋯

上完必修，常常已經中午了。
決定要吃什麼變得十分重要。

去吃飯吧！

哇— 哇—

順利的時候：

我想吃 XX！

好 走吧走吧！

但是，不是每次都順利。

所有餐廳都可能被

太貴

太少 食辦一

太臭

 ←吃完身上
會有味道

......而遭到否決。

剛開始，我們會用兩種方式解決：

① 表決

要吃××的舉手！

② 猜拳

嘩～
嘩～

但是，聰明的美麗設計了
更有效率的方法：

抽　籤 !!

這真是個聰明的方法啊！
我們藉著它的幫助，
渡過許多午餐難關。

但是，這副腦裡卻放了一些有的沒的……

另外還有

一些不切實際的東西。

於是，它就被永久封印了。
我們又回到原始的方法。

你側個身
就出得來了啊。

對啊！

一次打電話給朋友……

我是蔡依林啦～
他不會接電話，
因為他在聽我的新歌
blah blah blah...

↑
機車的口氣

.... ☆

可惡的來電答鈴......

就是他踢的

龐貝的一天

某天,我去了台灣科教館「龐貝的一天」特展

(一個人去比較有Feel ㄟ)

本來就喜歡希臘羅馬文化的我，看得十分高興!!

(猜猜看，這是哪3位神祇?)

其中有一個長得像這樣的東西!

是爐子啊...

導覽員說，它的設計是因為:

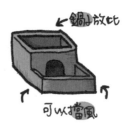

←鍋子放比

可以擋風

然後......兩個高中女生出現了。

這是什麼啊?

哇

騙人～

這是馬桶吧!

⁉

真的啦,
剛剛導覽也有說它的設計
可以幫屁屁擋風啊!

真的喔～

還好……
她們後來還是有去看解說牌……

╳重現廬頁榮光╳

嗯

為3方便外宿生活,
我去超市買3一支電湯匙。

差不多3吧?

↓

來熱個豆漿吧……

溶…溶化3!?

扔!
啊—

還是電磁爐比較安全。

呼~

浴巾
浴巾……

洗澡囉~

用具

……沒有浴巾……

只好…直接穿了……

耶!!

好濕啊可)

呼~

第二天

好!浴巾拿了!

嗯? 鈴! 鈴! 鈴!

blah

喂!喔！
是你啊！

blah

blah

好～洗澡囉～♪

咔嚓！

又忘了帶……

第三天

嘿嘿！這次絕對有帶了！

噗咻

滑

我上輩子
一定有欠這條浴巾……

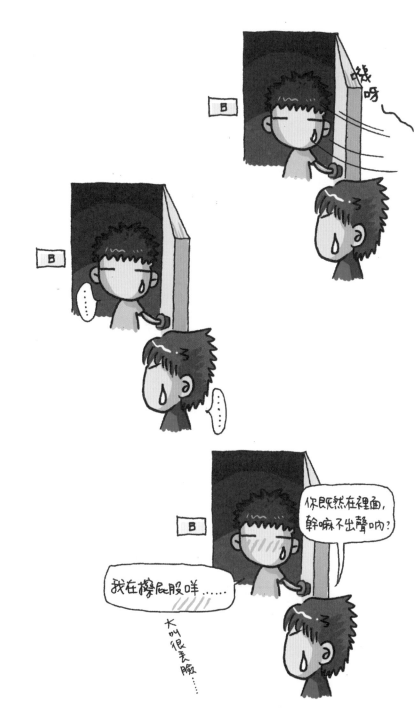

踢娘說：那時候，
離家住進宿舍的女女，
禁不住想家的思念，
夜闌人靜時，總在
被窩中啜泣⋯⋯

嗚⋯⋯
嗚⋯⋯

因為當時床邊沒有護欄，
睡在上舖的少女，
睡著睡著
還會不小心掉下去⋯⋯

加裝護欄，
不容易摔落。

偶爾還是會發生原因不明的
掉落事件啦。

至於想家……

拜託～誰要待家裡啊？

就是嘛～

大概只有這些情形才會想家：

缺錢

空空

缺糧

咕嚕

大地震

媽呀！

大便

No

烘衣機

這是宿舍的烘衣機。

↓

是的, 這位**大便怪客**
曾在宿舍出現多時,
許多人受害, 令人聞之色變 避惟!!

 還好我已經搬出宿舍了……

耶～看嘖嘖的衣服～

#

你也是霜淇淋嗎?

開不不 好臭!!!

月光族

其實我還蠻會吃的。

大食怪附身～～

踢娘常說「飯錢不能省」。
這句話深得我心，
所以我在吃的方面
真的是花錢如流水!!

吃

再見～

麵 定食
兩人份的饗

可是這麼一來……

月底

拜託，
借我錢……

咕嚕～

所以,我也算是月光族囉?

代替月亮來

懲罰你!

打工緣起

大一的時候,
因為閒閒沒事幹,
所以決定跟阿給去
學校附近找打工……

徵
工讀生
75.-起
供餐

徵
工讀生
75.-起
供餐

!!

就這家了走走走!!!

你幹嘛……

不要亂找衣服!

所以,
我就去打工了……(好單純)

 ←這像伙後來沒去。

就
是
他
踢
的

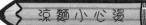

涼麵小心燙

某天，一位客人
點了一份涼麵……

為您上餐，
小心燙喔！

正妹

是涼的

嗄！
我在說什麼啊！

某天,店裡來了一位怪客。
在找上餐時……

怪客

借一下廁所。

裡面請!

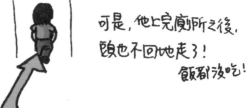
可是,他上完廁所之後,
頭也不回地走了!
飯都沒吃!

店長趕緊追了上去……

豚＝豬，大家應該都知道吧？

可是……

你們這個「豚肉」…

是河豚肉¤嗎？

抱歉，

那是豬肉…¿

語氣平和
中帶著
期待 →

還有……

葛格，

「豚肉」是海豚肉嗎？

抱歉，

那是豬肉…¿

興奮貌 →

對不起，我們只是一家小店，

只有在賣陸地上的豚肉…

 噗
嗶！

謝謝光臨～

↖收桌子

嗯?

滿滿一鍋
↓

好想吃
好想吃
好想吃!!!!!

嘩啦～

好浪費喔……

每次收桌子
都是挑戰。

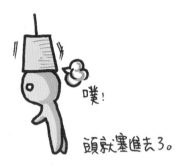

噗!

頭就塞進去了。

我們店裡
有四個位置
上面有吊燈……

所以,
我們的
吊燈就調高了。

FUCK!

客人常常會
站起來的時候
撞到頭。

我們服務生
不小心也會。

有一天……

好熱……

耶咻…

喬巴的由來

喵～
喵～

一年多前，我大一，
我在學校側門看到一個
喵喵叫的箱子。

喵～

喵～

是一箱小貓！
想必是被棄養的吧……

雖然覺得他們很可憐，
可是我能力有限，　還瞞著家裡
所以只選了喬巴。
　　　其他的好像有人送去獸醫了。

因為是偷養，
所以我先請也有養貓的
歐弟代為照顧。

98

可是,暑假到3,
歐弟要回老家,
不能再幫我照顧,
所以只好帶她回家......

又給我
找麻煩!

喵~

呵呵......

時間很快地過去,
她也慢慢長大,
如今也已經一歲3!

現在,她已經是
成年的美少貓3 ♥

找雞雞

喬巴來～

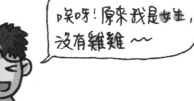

雞雞呢？
我的雞雞呢～？

啾啾

啾啾

咦呀！原來我是女生，沒有雞雞～

變態！！！

嘿嘿～

就是他踢的

喬巴喜歡舔我的臉（尤其是鼻子）……

好了啦！

舔 舔

舔 舔

咬!!

為……
為什麼……

好歹也出個聲吧……

喬巴喜歡玩的東西很多。

羽毛 →
鈴噹 →

逗貓棒
不用說了。

紙她超愛咬。

 瓶蓋也不錯。

不過,她還會玩一種遊戲......

呼!休息一下......

↑備攻態勢

喬巴，爹爹的手靠在牆壁上
還是爹爹的手啊......

喬巴睡在 modem

雖然是夏天，
可是喬巴還是愛睡在
數據機上……

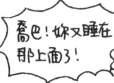

喬巴！妳又睡在
那上面了！

再在那睡，
小心會這樣喔！

……那是什麼？

就是他踢的

106

卡通裡貓觸電
的樣子啊啊！

……

娘……

您是說這個吧……？

貓毛衣

他踢,你今天衣服的花色好特別喔!

這個啊……

這是貓毛啦。

掉落

掉落

我還有貓毛棉被

貓毛衣櫥　貓毛地板勤……

後記。

我的第一本著作《就是他踢的》終於誕生囉～

這本書蒐集了很多大大小小的故事，

不知道您看了還喜歡嗎？

這本書的籌備，前後大約4個月，說長不長、說短不短。

在這段期間，也因為許多人的幫助，令本書的孕育

更加順利。

家人的關心與諒解

一直支持blog的網友們

之後，我想繼續畫出更多更好的作品，也請您不吝支持唷!!

希望這本圖文，能幫您消除一點平時的壓力。

除此之外，更感謝看這本書的您!!

同學、朋友們的

支持與鼓勵

辛苦的編輯 &

出版社人員

ETC

謝謝你們!!

經營 blog 的朋友們

他踢的

於出版前夕

新視野NW042
就是他踢的

作　　者　他踢的
總　　編　林秀禎
編　　輯　楊惠琪
校　　對　李欣蓉
出 版 者　英屬維京群島商高寶國際有限公司台灣分公司
Global Group Holdings, Ltd.
地　　址　台北市內湖區洲子街88號3樓
網　　址　gobooks.com.tw
電　　話　(02) 27992788
電　　傳　出版部　(02) 27990909　行銷部 (02) 27993088
郵政劃撥　19394552
戶　　名　英屬維京群島商高寶國際有限公司台灣分公司
初版日期　2006年10月
發　　行　高寶書版集團發行 / Printed in Taiwan

國家圖書館出版品預行編目資料

就是他踢的 / 他踢的著. -- 初版.
　-- 臺北市：高寶國際, 2006[民95]
　　面；　公分. -- (新視野；NW042)

ISBN 978-986-7088-99-4(平裝)

855　　　　　　　　95018730